親愛的老鼠朋友，
歡迎來到太空鼠的世界！

這是一個在無盡宇宙中穿梭冒險的科幻故事！

親愛的老鼠朋友們：

我有告訴過你們我是一個科幻小說的狂熱愛好者嗎？
我一直想寫一些發生在另一個時空的冒險故事……
可是，所謂的**平行宇宙**真的存在嗎？

就這個問題，我諮詢了老鼠島上最著名的伏特教授，
你們知道他是怎麼回答我的嗎？

他說根據一些科學家的研究發現，我們所處的時空和
宇宙並非唯一的。世上還存在着許多不同的時空和宇宙空
間，甚至有一些跟我們相似的宇宙存在呢！在這些神秘的
宇宙空間，或許會發生我們無法預知的事情。

啊，這個發現真讓鼠興奮！這也
啟發了我，我多希望能夠寫一些關於
我和我的家鼠在宇宙中探索新世界的
科幻故事啊！而且，我想到一個非常
炫酷的名稱——**星際太空鼠**！

伏特教授

我們能夠在銀河中遨遊！一定能讓其
他鼠肅然起敬！

Geronimo Stilton
星際太空鼠

賴皮・史提頓

謝利連摩・史提頓

菲・史提頓

馬克斯・坦克鼠
爺爺

機械人提克斯

班哲文・史提頓
和潘朵拉

銀河之最號

太空鼠的太空船艦，太空鼠的家
同時也是太空鼠的避風港！

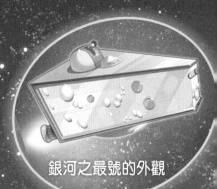

銀河之最號的外觀

1. 控制室
2. 巨型望遠鏡
3. 温室花園，裏面種着各種植物和花朵
4. 圖書館和閱讀室
5. 月光動感遊樂場
6. 史誇茲大廚的餐廳和酒吧
7. 餐廳廚房
8. 噴氣電梯，穿梭於太空船內各個樓層的移動平台
9. 電腦室
10. 太空艙裝備室
11. 太空劇院
12. 星際晶石動力引擎
13. 網球場和游泳池
14. 多功能健身室
15. 探索小艇
16. 儲存倉
17. 自然環境生態園

星際太空鼠 3

太空足球錦標賽

SFIDA GALATTICA ALL' ULTIMO GOL

作　　者：Geronimo Stilton　謝利連摩‧史提頓
譯　　者：顧志翔
責任編輯：胡頌茵
中文版封面設計：陳雅琳
中文版內文設計：劉蔚　羅益珠
出　　版：新雅文化事業有限公司
　　　　　香港英皇道499號北角工業大廈18樓
　　　　　電話：(852) 2138 7998　傳真：(852) 2597 4003
　　　　　網址：http://www.sunya.com.hk
　　　　　電郵：marketing@sunya.com.hk
發　　行：香港聯合書刊物流有限公司
　　　　　香港新界大埔汀麗路36號中華商務印刷大廈3字樓
　　　　　電話：(852) 2150 2100　傳真：(852) 2407 3062
　　　　　電郵：info@suplogistics.com.hk
印　　刷：C & C Offset Printing Co., Ltd.
　　　　　香港新界大埔汀麗路36號
版　　次：二〇一六年九月初版
　　　　　二〇一八年十一月第三次印刷

http://www.geronimostilton.com
Based on an original idea by Elisabetta Dami.
Cover Design: Flavio Ferron / TheWorldofDOT, adopted by Sun Ya Publications (HK) Ltd.
Art Director：Iacopo Bruno
Graphic Project：Giovanna Ferraris / TheWorldofDOT, adapted by Sun Ya Publications (HK) Ltd.
Illustrations：Giuseppe Facciotto, Daniele Verzini
Graphics：Chiara Cebraro

星際太空鼠

Geronimo Stilton

3

太空足球錦標賽

謝利連摩·史提頓
Geronimo Stilton

新雅文化事業有限公司
www.sunya.com.hk

目錄

來自銀河系的信息　　　　　12

一份意料之外的邀請　　　　17

你不會踢太空足球？！　　　21

球員招募　　　　　　　　　27

跳躍，衝刺，射門！　　　　34

新的前鋒　　　　　　　　　40

準備出發！　　　　　　　　45

到達球場星！　　　　　　　48

太空鼠登場！　　　　　　　55

熱情的球迷　　　　　　　　61

長着翅膀的對手　　　　66

我們是一個團隊！　　　71

一次噁心的會面　　　　76

多事之夜　　　　　　　80

尋找小雄獅　　　　　　86

最後的挑戰　　　　　　91

雜耍救援　　　　　　　97

全力以赴！　　　　　　102

最終決賽　　　　　　　106

上吧，啫喱！　　　　　115

隊長！舉起獎盃吧！　　119

歡迎回來，冠軍們！　　123

如果我們能夠穿越時空⋯⋯

如果在銀河的最深處有這樣一艘太空船艦，上面居住的全部都是老鼠⋯⋯

又如果這艘太空船的艦長是一個富有冒險精神又有些憨憨的老鼠⋯⋯

那麼他的名字一定叫做謝利連摩・史提頓！

而我們現在講述的就是他的冒險故事⋯⋯

那麼，你們準備好了嗎？

快來跟着謝利連摩一起去星際旅行，穿梭神秘浩瀚的宇宙吧！

來自銀河系的信息

這是一個**寧靜的**周一早上，我在房間裏剛開始享用我的早餐牛角包，電視屏幕上就出現了電腦為我準備好的**新聞提要**……你們也知道，我作為一位艦長，需要隨時了解**宇宙**裏正在發生的事情！

啊，對不起，我還沒作自我介紹呢：「我叫史提頓，**謝利連摩‧史提頓**，我是『**銀河之最號**』的艦長，而『銀河之最號』也

是太空鼠生活的太空船！」

話說回來⋯⋯早上我正在瀏覽着《星際新聞》的標題：法弗埃星火山爆發，接着是：多顆小行星從88532號星系移動到22398號星系。

還有：在天蠍座附近有多艘小型太空船發生碰撞。最後一條：在球場星上舉辦的星際杯太空足球賽下周正式開賽。

啊，又是體育新聞消息！

我不知道你們怎樣，但是我確實不是一個**喜歡運動**的太空鼠……

哪怕只是想到**慢跑**也會讓我雙腿**發軟**！

要知道，我的夢想是成為一個偉大的**作家**！這些年來我一直都想要完成我的《星際太空鼠》宇宙冒險故事書，但是卻始終都沒能完成，因為宇宙裏總會發生**各種各樣的問題**！

而很幸運的是，這個星期一艦上的一切看上去都十分平靜……直到一聲刺耳的警報聲突然響起，把我**嚇了一跳**！

隨後，艦上的主電腦——全息程序鼠的影像忽地冒出來**出現**在我的面前。

收到視像信息！

收到視像信息！！

收到視像信息！！！

這時，我看了看手裏剩下的半杯果汁刨冰以及那件夾着月亮芝士的牛角包，**嘗試**着先把東西吃完：「我不能晚些看信息嗎？」

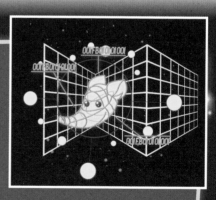

全息程序鼠

「銀河之最號」上的主電腦

種類：超級鼠工智能。

特長：監控整艘艦船的各項功能運作正常，包括自動駕駛太空艦船。

性格：自認為是艦船上不可或缺的。

特點：能夠隨時隨地出現在艦船上的任何地方。

「**不能！**這條信息必須要馬上回覆！」全息程序鼠堅定地回應說。

我抗議說：「可我還在吃早餐呢……」

全息程序鼠搖了搖頭說：「抗議無效，艦長先生，您必須要立刻回覆……」

「好吧，好吧！我們聽聽是什麼內容。」我歎了一口氣。唉，艦長的工作總是沒完沒了，真是多麼不容易啊！

一份意料之外的邀請

全息程序鼠得到我的回答後，它很滿意地笑了笑，然後開始解釋說：「艦長先生，我們收到了一條來自運動**星座**——球場星的視像信息，該行星距離我們現在的位置，如果將質子速度換算成量子距離的話⋯⋯」

全息程序鼠所說的這些距離換算單位**我一點都聽不懂**，於是我打斷它說：「全息程序鼠，我們直接看看信息的內容吧，你待會兒才告訴我具體的細節吧！」

這時，電腦才總算開始播放視像信息。在我房間的電視**屏幕**上，出現了一個奇怪的

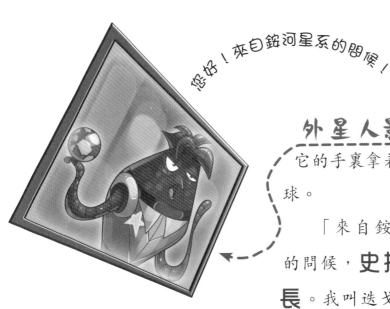

您好！來自銨河星系的問候！

外星人影像，它的手裏拿着一個足球。

「來自銨河星系的問候，**史提頓艦長**。我叫迭戈·格雷德，是星際足球聯合會的主席。我想您一定知道，在我們的星球每四個**星際年**都會舉辦一屆星際太空足球錦標賽……」

星際太空足球錦標賽？

怎麼這個比賽名稱聽上去有點耳熟呢……啊，對了！剛才我在新聞上看到和此賽事相關的消息！

視像信息繼續播放着：「我們每次籌辦

錦標賽，都會邀請八個不同的太空種族來爭奪**星際杯！**這次我發送這個視像信息給您也是希望能夠正式邀請太空鼠參加我們的第十二屆**星際太空足球錦標賽**。比賽將在星際時間兩周之後開始舉行。尊敬的太空鼠們，希望你們能夠儘快回覆確認參賽！來自銨河星系最崇敬的**問候！**」

隨着「嗶」的一聲，視像信息自動關閉了，我靜靜地盯着漆黑一片的**屏幕**。

太空鼠足球隊？我搖了搖頭。我有那麼多事情要兼顧和考慮，哪裏還有精力去參加⋯⋯**太空足球**呢！

我決定回覆他們，事實上我們太空鼠並沒有什麼太空足球隊。而且，我甚至不知道太空

足球比賽有什麼規則啊！

我嘗試尋找那個回覆視像信息的按鈕，但是我們艦船上的機械工程師**布魯格拉·斯法芙**似乎剛更新過所有房間的顯示器，我見到在控制盤上寫滿了許多難解的符號！

最後，我總算找到一個看上去像是回覆鍵的按鈕，並且按了下去……但是什麼都沒有發生。

然後，我再嘗試按了另一個按鍵組合……

仍然什麼都沒有發生！

於是，我又試了一次……還是沒有變化！

我抽了一口涼氣，沒關係，在控制室裏一定有誰能夠幫我的！

你不會踢太空足球?!

不過，就在我剛走進控制室的時候，我那可愛的**小姪子**班哲文就激動地向我跑來：「太棒了，啫喱叔叔！太空鼠能進軍**太空足球錦標賽**……這是一個多麼令鼠振奮的消息啊！」

「可……可是……你是怎麼知道的呢？」我吃驚得結結巴巴地問他。

「我看到你轉發給所有鼠的訊息了！」

什麼？什麼？什麼？我頓時有一陣**不祥的**預感……難道說我本來想給星際足球聯合會主席回覆的訊息，結果因我錯誤操作而轉發了給所有的**太空鼠**？

班哲文繼續說道：「啫喱叔叔，我已經準備好足球隊服了！我可以加入代表隊伍嗎？」

當我正想告訴他，我們連一支太空足球隊也沒有的時候，班哲文的好朋友潘朵拉**走過來**。「我也想參加比賽！我和班哲文是**黃金拍檔**！」潘朵拉說。

面對着兩對水汪汪的**大眼睛**，我感覺自己就像是冰淇淋一樣快要融化了……而大家都知道，我的**心腸非常軟**！

於是，我歎了一口氣，然後對孩子們說：「當然，你們一定會加入隊伍的！」

班哲文和潘朵拉激動地挽住了我的胳膊說：「啫喱叔叔，你是**全銀河**最棒的

告！哈！

叔叔了！那你一定會當隊長的，對嗎？」

　　我微笑着回答說：「親愛的班哲文，我會陪你們一起去參加比賽，但是我肯定**不會**上場……」

　　這時，控制室的門**突然**打開了，一把洪亮而熟悉的聲音說：「我軟弱的小孫子，你必須加入這支隊伍！」

　　我的宇宙乳酪呀，馬克斯爺爺來了！

　　我急忙打招呼說：「**你，你好，爺爺！**所以說你也收到……嗯……邀請了？」

　　他吼道：「我當然收到了你的信息！我之所以大老遠**來這裏**就是為了看看你這支隊伍選拔隊員的情況！」

　　選拔隊員？我感到一陣**涼意**從鬍鬚尖一直竄到尾巴尖。

爺爺繼續激動地說:「你不會是想自己不參加比賽吧?星際**太空足球**錦標賽是一項非常重要的體育盛事,而你作為一位艦長,就必須參加比賽!這個比賽可關乎所有太空鼠的**榮譽**!」

我支支吾吾地說:「是⋯⋯是的,這確實是一種⋯⋯榮譽,但是⋯⋯我⋯⋯」

爺爺搖了搖頭:「我敢打賭你想說**你不會踢太空足球**!」

咯!

你這個笨蛋孫子!

我猶豫了一下，然後點了點頭：「呃⋯⋯是的⋯⋯確實⋯⋯」

爺爺歎了口氣說：「我就知道，我的**笨蛋**小孫子！不過這沒關係，你還有兩個星期時間可以去**學**踢球啊！」

說着，他又開始得意起來：「我當年和你一樣大的時候，曾經奪過太空足球的冠軍呢！所以，我將會成為⋯⋯這隊**球隊的教練**！」

馬克斯爺爺當教練？這可真是最糟糕的消息，差不多可以和上次跟他一起參加**星際杯網球賽**的情況相提並論了！

「你先把規則記清楚吧，**笨蛋孫子**！」馬克斯爺爺總結說，「我已經把文件傳到你的個人電腦上了。」

星際百科全書

太空足球

太空足球是一種球類運動。由兩隊比賽隊伍進行對壘，運動員要把球踢進對方的球門，入球較多的一隊便可勝出。每隊太空足球隊伍由七名隊員組成，包括一個守門員，三個後衞，兩個中場，以及一名前鋒，下圖是太空足球比賽的場地：

1. 發光的場地邊界線

2. 球門以激光呈現

3. 利用鐳射監視器用來判定越位

超級渦輪足球

如果有誰能夠準確踢中紅點的話就會觸發超級渦輪，從而令足球直接飛進對方的球門。

機械人裁判

它擁有鐳射眼，能夠從360度捕捉到球場上所有球員的動作。

球員招募

第二天**早上**，一陣奇怪的聲音把我從睡夢中弄醒過來，可憐我當時正沉浸在一個**美夢**裏：我夢見自己在全星系最大的**書店**裏正在給我的新書舉行簽名會……啊，我多麼希望能夠成為一名作家呀！

我就這樣**睡眼惺忪**地打開大門，只見……「銀河之最號」上的鼠們在我的門口排成了一條長龍！難道他們**真是**來買我的新書嗎？不對，等一下，我新書的第一章……還沒有完成呢！

於是，我轉身向**機械鼠管家**問道：「管家先生，那麼多鼠聚集在我的門口幹什麼？」

機械鼠管家用冷冰冰的**機械聲音**回答說：「他們都是來參加**太空足球隊**選拔的，艦長先生。」

我驚叫起來：「選拔？！什麼選拔？！」

這時，我才注意到房間門口的通道上不知道什麼時候出現了數十個發光的**箭嘴**和**指示牌**，顯示這裏就是球隊招募的地方。

我張大了嘴巴，久久無法合攏⋯⋯到底是誰把這些東西放到這裏的？突然，在鼠羣裏伸出了一個我認識的鼻子，是賴皮‧史提頓⋯⋯

　　「**你好，表哥！**」他看着我竊笑説，「你看到了我們有多少個候選鼠嗎？這樣一來很快就能夠**選出**合適的球員了！」

　　我早就應該想到這一定又是賴皮的傑作！

於是，我尖聲地回答說：「嗯，是啊，**確實有很多鼠**！但是，很遺憾我今天在控制室還有很多事情要做，你也知道，作為一名艦長……」

賴皮得意地笑着說：「**你今天什麼事都不用做**！菲已經暫時接替了你的工作！這是馬克斯爺爺的吩咐，而且也是他叫我組織這次**招募選拔**的。要是等你來安排的話，我們恐怕還得等上四光年！」

然後，他在我背上拍了拍，繼續說道：「**振作一點，表哥**！你終於可以不用再把自己關在房間裏寫你那又長篇又沉悶的小說了！」

眼見我實在無法反駁了，於是我只好跟賴皮以及所有參與選拔的太空鼠一起來到了「銀

河之最號」上的**多功能健身室**，來給**太空足球**隊的候選球員做體能測試。我們先從挑選守門員和中場開始，大約兩個小時之後，我們最終決定由**大鬍子·保方**來擔任守門員，並且由**交叉腳**和**截擊鼠**這對**哨牙兄弟**來擔任中場。

接着，賴皮說道：「接下來我們需要選擇**前鋒**！我們還需要鼠來擔任班哲文和潘朵拉的後備球員。」

看球！

前鋒候選者逐一進行射球測試，可是場面竟變得一片狼藉，真是一場災難！最終，我們得到了以下結果：

1. 一塊等離子顯示屏被射球擊中而砸成了**碎片**！

2. 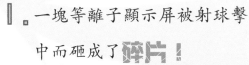一球勁射令足球直飛出太空中**不見了蹤影**！

3. 另一個足球向我**直飛**並砸中我的腦袋！

哎呀！

賴皮以**嚴肅**的口吻説：「不行，不行，這樣看來只有一個辦法了……」我不禁毛髮直豎，渾身打了一個**寒顫**：這次他又想到了什麼主意呢？

他繼續説：「我們可以去

吃上一頓美味的天狼星乳酪火鍋！當我們肚子填飽之後，就能夠更好地選出合適的球員了！」

這個建議也不錯，我總算是鬆了一口氣。於是，我們一起來到了艦船上史誇茲大廚的餐廳，他笑着前來迎接我們：「這不是我們的足球隊員嘛！我為你們特別準備了一份富含蛋白質的菜單：水煮藍海藻！」

我們一起抗議道：「我們要乳酪火鍋！」史誇茲卻嚴肅地看着我倆說：「不行！你們必須要依照運動員的標準飲食餐單！這是你們的教練：馬克斯爺爺下達的命令！」

為你們特製的
水煮藍海藻！

跳躍，衝刺，射門！

　　第二天，這本應是太空足球球隊訓練的第一天，但是我們仍然沒有找到後備球員，幸好我們湊夠了七個正選隊員，剛好能夠組成隊伍出賽。這七個隊員包括了我、賴皮、潘朵拉、班哲文、大鬍子·保方和哨牙兄弟。

　　於是，這天早上，我醒來之後便準備前往健身室。

　　機械鼠管家將衣服遞給了我，但是……似乎有哪裏不太對勁！

　　「這件不是我的健身運動服！」我說道。

機械鼠管家解釋說：「是的，不過這件是您踢球時所需要穿着的球衣，艦長先生。」

我歎了一口氣，**放棄了**抗爭，並乖乖穿上了衣服。接着，機械鼠管家對我說：「艦長先生，太空的士已經等着準備將您送往訓練場了，您已經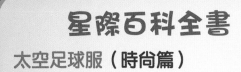了！」

說完，機械鼠管家幫我將尾巴從球衣裏拉

星際百科全書

太空足球服（時尚篇）

高強度保暖球衣

防抽筋短褲

彈力球鞋

出來，然後將我塞進了**太空的士**。我才剛坐定，的士便一溜煙地飛馳而去。

球場上，其他隊友們已經開始**跑步**操練了。在這裏，我還看見艦船上最有魅力的技術工程師——布魯格拉·斯法芙，她自願擔任我們的後備球員了。

我看着她不禁**呆住**了！

這時，一把冷冰冰的**機械聲**將我拉回了現實中：「艦長先生，您遲到了！請立即開始跑步！**快點，快點，快點！！！**」

「機械人提克斯！你在這裏幹什麼？」

「他是我的助手，笨蛋孫子！」馬克斯爺爺用他那洪亮的聲音回答說，「別再浪費時間

隊伍陣型

謝利連摩·史提頓（後衞）
賴皮·史提頓（後衞）
班哲文·史提頓（前鋒）
潘朵拉·華之鼠（前鋒）
交叉腳·哨牙（中場）
截擊鼠·哨牙（中場）
大鬍子·保方（守門員）
布魯格拉·斯法芙（後備球員）

抱怨了，聽從命令：**跑起來，跑起來，跑起來！！！**」

我立刻跟上了其他鼠開始跑步，但是，當跑過**大半個圈**之後，我的兩條腿已經軟得和維嘉星乳酪一樣了！

然而，這才是訓練的開始，接着還有**跳躍訓練**、**衝刺訓練**、**柔韌訓練**以及最後的……射球訓練！

呀呀⋯⋯

跑起來！跑起來！

這時，機械人提克斯宣布說：「現在我們開始傳球和射門的練習。」

　　在我幾次**笨手笨腳**的射門之後，班哲文走近我，並且給我示範了應該怎樣踢中球。然後，我助跑之後準備來一記漂亮的**射門**，我可不想讓我的小姪子**失望**！事實上，這次我確實用盡**全力**踢中球……但是球高高地飛起之後竟越過了球門和圍欄落到場外去了！

新的前鋒

班哲文拍着手說：「做得好，叔叔！這次至少你踢中球了！」

機械人提克斯卻咕噥着說：「天曉得這球飛到哪裏去了！現在我不得不出去找了！」

話音剛落，突然一個火紅的球飛回場內，徑直射入了球門！

「**我的宇宙乳酪啊！**」我失聲驚呼道，「是誰踢出了如此強勁的射門？」

班哲文叫了起來：「這是**超級渦輪**射門！」

「超級……什麼？」

「在太空足球上，有一個特別的**觸點**，如果球員能夠擊中的話，它將會以雙倍的**力量**和速度飛向球門，並且直接破門得分！但是，只有少數的冠軍球員能夠做得到。」班哲文給大家解說道。賴皮趕緊跑到圍欄外面，只見一位年輕鼠正在揮手向我們致意。

「嗨！你叫什麼名字？」賴皮問道。

小老鼠回答說：「**小雄獅**，小雄獅·托佩希！」

「我叫里格莉亞，是他媽媽。」在小男孩身後的一位女士介紹說。

「您的孩子在太空足球方面很有天賦啊！」賴皮興奮地上前說。

「是的，他球踢得**還不錯**……不過讀書方面就不行了！」這位媽媽**看着**兒子小雄獅，有些責怪地回答說。

馬克斯爺爺走向前來問道：「太太，您可以讓您的兒子留下來和我們一起練習一下**射門**嗎？」

「恐怕不行，我們現在要去……」里格莉亞開始推辭說。小雄獅央求道：「**媽媽，求求你了**！就一會兒！」

「呃……好吧！我現在去給家裏的清潔**機械人**買一些零件，不過我一回到這裏的時候我們就要立刻回家！」里格莉亞說。

一定要乖啊！

知道了，媽媽！

　　小雄獅露出燦爛的笑容，並應允媽媽他一定會**很乖**！

　　「小雄獅，你是一個很棒的球員！」馬克斯爺爺說。

　　時間過得很快……突然，傳來了里格莉亞的聲音：「小~雄~獅~！」

　　孩子的媽媽已經回來了。

　　爺爺走到小雄獅媽媽的身邊說：「我們想邀請您的孩子加入**太空鼠**足球隊，我們正在備戰星際太空足球錦標賽，而他正是我們所需要的前鋒！」

「這可不行！小雄獅還要學習並完成機械人學科*的**作業**呢。」

當他們正要離開的時候，我突然想到了一個**絕妙的主意**，便立刻上前說：「嗯，太太……請等等，我是謝利連摩·史提頓，是這艘艦船的艦長。如果您願意把小雄獅留下來和我們一起練習的話，我保證在結束之後我會讓我們艦船上的技術總工程師**布魯格拉·斯法芙**給他單獨教授機械人學科的知識。」

「嗯……這位布魯格拉女士的技術水平可靠嗎？」

「她是我們艦船上，不，是整個星系，不，是整個宇宙中**最厲害**的工程師！」

終於，里格莉亞的臉上露出了笑容：「如果是這樣的話……那好吧！」

---

*機械人學科：是一門主要學習如何創造機械人，並給他們編寫程式的學科。

準備出發！

在連續兩周的時間裏，我們不停地進行高強度的訓練，真是把我累壞了！

不管怎樣，我們看上去像是一支真正的球隊了，當然，馬克斯爺爺還是經常為了我的失誤而大呼小叫……幸運的是，我們隊伍裏有小雄獅，他經常能有冠軍級球員的表現！

在出發參加太空足球錦標賽的那天，菲負責駕駛探索小艇將我們送到球場星去。這時，整隊球隊似乎都已經準備就緒了，可是……我們的廚師史誇茲怎麼也在這裏呢？

「難道……你也一起來嗎？」我疑惑地問他。

「當然啦，你們需要我的海藻湯！這可是每個運動員都夢寐以求的均衡營養食譜！」

賴皮將我拉到一邊偷偷對着我的耳朵說：「**不用擔心**，表哥，我的袋子裏已經塞滿了各種乳酪！」

說起袋子……我那個裝滿衣服的行李袋放到哪裏去了？

「我的宇宙乳酪呀，我忘記帶我的行李袋了！我可不能這樣出發！」我大聲叫道。

馬克斯爺爺用他那銳利的眼神掃視了我一眼：「笨蛋孫子！要不是你身為隊長，我一定會把你留在這裏！」

就在我轉身正準備跑向房間時，機械鼠管家正好拿着我的行李袋飛奔過來……**砰！**

我們兩個撞個正着，我的行李袋被撞飛
到半空中，袋裏的東西被撞得**散落一地**！

　　於是，所有鼠都看見我那件印滿布乳酪
圖案的*睡衣*，還有我的那一雙能夠給我
帶來好運的*黃色襪子*……

　　我的土星光環呀！
　　真丟臉！

到達球場星！

「快看，這就是**球場星**了！」班哲文宣布說。

我望向窗外，看見了一顆就像一個足球似的行星！

我才剛開始查看星際百科全書上關於球場星上居住的**七瓜人**的資料，就聽到廣播裏傳來了他們的指令：「**歡迎你們，太空鼠！**你們可以停靠在第158號區域！」

「**收到！**」菲回答說，然後轉向我

星際百科全書

七爪人

這種外星生物是球場星上的居民，也是星際太空足球錦標賽歷年的冠軍。他們有一種絕技：旋風爪，能夠踢出非常強力的射門。他們的球隊在訓練的時候，一般會同時使用七個足球！

們，「請你們繫上安全帶！我們準備着陸了！」

不一會兒，探索小艇就**降落**在行星上，我們便步出太空船着陸。

菲把我們順利送達球場星之後，就立刻起飛返回「銀河之最號」。

在球場星上，有一羣**七爪人**舉着歡迎的橫額和旗幟前來迎接我們！

那位在兩周之前給我發送**視像信息**的七爪人來到了我的面前：「我以七爪人的名義，歡迎你們來到球場星。我**很高興**太空鼠們接受我們的邀請！」

接着，我們一同步行前往我們下榻的酒店。

在羣眾中，布魯格拉被一個身型高大的外星人**推撞**了一下，而他完全沒有表示歉意便離開了。

他實在是**太粗魯**了！我必須要出言勸告！

於是，我走近他，鼓起勇氣説：

讓我過去！

唉喲！

「外星人先生，請立刻向布魯格拉小姐道歉！」

那外星人嚴肅地看了我一眼，隨即在我面前大笑起來，害得我差點被他的 口臭 熏得暈過去。

然後，那外星人說：「記住，小老鼠，鱷魚人從不道歉！」

說完，他就馬上轉身離去。

等我回過神來之後，機械人提克斯走近我向我解釋說：「那些是鱷魚人，他們也組隊參加這次錦標賽，他們真是難纏的對手！」

「特別是當他們對着你 呼氣 的時候！」賴皮笑着補充說。

我可半點沒覺得好笑，我認為那些外星人看上去是非常危險的對手！

然後，我沉浸在自己的思緒中，並沒有意識到我們已經**到達**下榻的酒店。馬克斯爺爺已經決定了**房間**的分配，而我被安排跟賴皮同住一間房間……唉，慘了，要知道，他在太空鼠裏可是以**驚天動地的呼嚕聲**而聞名的啊！

星際百科全書

鱷魚人

這種外星生物是生活在混沌星上，以生性兇殘和行為粗魯而聞名。在球場上，他們常常使用犯規的手段和粗魯打法來震懾對手。

太空鼠登場！

這天晚上，我被賴皮的鼻鼾聲吵得**一整夜**不能入睡。第二天早上，機械人提克斯過來召喚我們準備去參加第一場對戰**黏液人**的比賽。這時，所有太空鼠都顯得躍躍欲試，除了我之外⋯⋯

接着，我聽到了一把熟悉的聲音，準確點説是一聲大喊：那是馬克斯爺爺。爺爺獲安排入住位於酒店112樓的豪華套房，經過一晚休息之後，今天他**顯得**格外精神！

「**怎麼樣？小孫子，你準備好了嗎？**要是你讓我丟臉的話，我可是會把你丟在這裏的哦！」

「當⋯⋯當然，爺爺！」我結結巴巴地回應說。

幸運的是，正在這時布魯格拉用她那甜美的聲音說道：「**馬克斯・坦克鼠上將**，艦長先生已經進步許多了，我相信他一定會好好表現的！」

布魯格拉是在誇獎我嗎？當然，這裏沒有其他艦長了！

我頓時感到有些**飄飄然**了，等我回過神來的時候，我只知道自己這次絕對不能在布魯格拉面前**丟臉**！

當我們慢慢**走近**球場的時候，聽到一陣陣嗡嗡聲**越來越響，越來越響，大聲得震耳欲聾**⋯⋯直到我們來到了球場，

這裏的歡呼聲幾乎能夠把我們掀倒！

在**圍着**球場的七個環形看台上，擠滿了形形色色的外星生物。

班哲文**興奮地**抱住我叫道：「哇啊！」

我咽了一口唾沫——我感覺到自己的喉嚨比月球**沙漠**更乾涸！我沒想到自己在比賽的時候會有成千上萬隻**眼睛**看着我們（事實上，有些外星人的腦袋上長着一打眼睛，所以數量可能會更多）！走進球場之後，我嘗試着將注意力全部集中到對我來說**唯**一最重要的那一雙眼睛上：那是布魯格拉的雙眼！

出場陣容由我、布魯格拉（***啊，真棒啊！***）、班哲文、小雄獅、哨牙兄弟和大鬍子・保方組成一隊出戰。

我是如此沉醉在思緒中，以至於……我沒

有意識到**比賽**已經開始，而且有鼠已經把球傳了給我！這時，一個黏液人的前鋒迅速從我的雙腿之間搶走了球，滑向我們的球門，他一腳射門並且成功得分！

　　真是**太丟人**了⋯⋯比賽才剛開始連一分鐘都不到啊！馬克斯爺爺衝着場內喊道：「**笨蛋孫子！快醒醒吧！**」

　　我決定要彌補自己的過失！在開球之後，

星際百科全書

黏液人

這種外星生物是垃圾行星上的居民，他們非常善於施展金蟬脫殼的技能，利用靈活的走位技術擺脫對手。他們的對手要小心他們跑過時留在場地上那滑滑的黏液。

我迅速帶球向前推進，正在此時，三個**外星人**馬上同時撲向我進行圍攻！

我嚇了一跳，用盡力氣將球向前踢出：**足球**彈地之後劃出一道非常奇怪的弧線。布魯格拉不等球落地，就直接把它傳給小雄獅。小雄獅把握機會一腳射門，將比數追平：**1比1！**

在比賽接下來的時間裏，我們始終保持着平局的比數，直到最後一分鐘，當小雄獅控球時，他將球**鏟起**越過了對方的防守球員的頭頂，隨後踢出了一腳超級渦輪球抽射，終於將比數反超前作**2比1！**

正在此時，裁判吹響了終場哨聲：**我們贏了啦！**

勝利！！

熱情的球迷

當天晚上，比賽結束後，我們大家一起出發到球場星的帕洛尼亞市散步。

幾分鐘之後，在城市的主廣場上，我們注意到有一羣外星人正在偷偷注視着我們，同時不停地對着我們指指點點。這時，他們中的一個外星人手裏拿着一個奇怪的物品走近我們，然後開始用一種奇怪的語言和我説話……

「SDHF BFH SGXRD ASAAINF DJF?」

「什麼？什麼？嗯……提克斯，你可以幫我翻譯一下嗎？」我問道。

「當然，艦長先生！他們説的是波波語，

這種語言主要用在⋯⋯」

「好的，好的，可是⋯⋯他們在說些什麼呀？」我不得不打斷他，因為一旦機械人提克斯開始解釋一件事情，就會滔滔不絕，沒完沒了！

「那個最高的外星人說他們是**太空足球**的球迷，因此他們希望拍一張虛擬成像照片*⋯⋯」

從來沒有鼠說過希望給我拍虛擬成像照片呢！我激動地答應說：「當然可以！快告訴他沒問題！」

「可是，艦長先生，不是⋯⋯」

「快點回答，別讓他覺得我們沒有禮貌！」

＊虛擬成像照片：是一種能夠在照片內顯示出 3D 影像效果和簽名的拍照技術。

「GJTEVKF BJFJHK!」機械人提克斯說道。

我已經擺好姿勢，準備拍照了，但是……**等等**！那個說話的外星人怎麼將鏡頭對準了……小雄獅！

那個外星人按下了手裏一個設備的按鈕，他的面前立刻出現了一道**藍光**。隨後，在藍光中顯現出小雄獅的3D影像，下面還有他的簽名。我在一旁看得目瞪口呆。

BFJK，小雄獅！*

小雄獅
托佩希

機械人提克斯解釋說：「艦長先生，如果您剛才能夠讓我**把話說完**的話，您就可以知道其實那個外星人是希望得到小雄獅‧托佩希的照片，而不是您的！」

＊這句波波語的意思是：謝謝，小雄獅！

這下我又**丟臉了**……

我正想開口說些什麼的時候，眼睛的餘光似乎瞥見了**兩個奇怪的身影**。

他們看上去有些眼熟，正躲在**陰暗處**窺探着我們。不久，班哲文過來呼喚我，催促我們繼續遊覽，而當我再次轉頭望過去的時候，這兩個**神秘的**身影卻消失不見了……

長着翅膀的對手

經過一晚充分的休息，第二天大家已回復了狀態，充滿精力。到達球場之後，我們一起激勵士氣，希望今天也能夠全力以赴！

就在我們入場後不久，我們的對手——翼人也進場了。他們的身材又高又壯，而且背後還長着一對翅膀！

「我……我們真……真的要和他們比賽嗎？」我對着賴皮怯怯地説。此刻，我的鬍子也因為害怕而不停地發抖。

「表哥，你該不會被這些翼人嚇到了吧？」

説罷，賴皮就跑向足球。比賽開始

了，我不能再**退縮**了！這次出場陣容包括我、賴皮、布魯格拉、潘朵拉、小雄獅、交叉腳·哨牙，還有守門員大鬍子·保方。

我跑向**中場**接應正在持球的布魯格拉，而那個翼人——對方的防守隊員則準備**截球**。

我鼓起勇氣喊道：「布魯格拉，傳這邊！」

星際百科全書

翼人

這種外星生物是**松雞星**的居民，他們的身材高大且肌肉強壯。雖然太空足球的規則不允許球員作出飛行的動作，但是他們總是試圖借助翅膀……**飛越對手！**

她聽到了我的聲音，用一個優雅的動作，將 足 球 傳向我。我大踏步地向前奔跑，同時嘴裏急切地喊道：「我能接到！我能接到！我能接到⋯⋯」

　　但是，我可能是**計算錯了**步數，我不僅沒能踢到球，而且一腳**踩在**球上摔了個四腳朝天！這時，翼人中最強壯的那個球員毫不費勁地 🐾🐾 將球搶去，然後張開翅膀飛了起來。

他直接越過了交叉腳·哨牙，到達我方的球門前，正當他準備起腳射門的時候，機械人裁判吹響了哨聲：「球場上，球員不准飛離地面！」

幸好，我們就這樣躲過了一劫！

之後，潘朵拉在場上靈活地穿插着並擺脫了兩個防守球員。在到達球門附近的時候，她將球傳給了小雄獅。他單刀衝鋒陷陣，閃過了防守的翼人之後，立刻射門並取得了入球！

1比0！

為了扳平比數，我們的對手開始拼命地進攻，但是始終未能突破我們的防線。

眼見比賽已經臨近結束，我的體力已經耗盡，十分疲累了！在一次傳球時，我再次犯

上失誤……讓一個翼人成功截球，他直接帶着球衝向我方的球門！

大鬍子·保方嚴陣以待，**外星人**突然張開翅膀，試圖嚇退我方的守門員，但是大鬍子**不為所動**堅守球門，擋下這次射門。就在此時，機械人裁判**吹響了**比賽結束的哨子聲。

太空鼠們再次獲勝！

「明天我們將對決**橡膠人**，如果再取得勝利的話，我們就可以進決賽了！」小雄獅激動地說道。

橡膠人的體型圓滾滾的，身材矮小，看上去**不具侵略性**。我心想，這場比賽應該會比較輕鬆一些。

然而，我估計錯了……

我們是一個團隊！

很快，我就發現自己完全忽視了橡膠人的獨特能力——**彈跳力**！

在機械人裁判剛吹響比賽開始的哨子聲之後，有些橡膠人竟開始變形了！！他們縮起了手臂和大腿，然後在地上一邊飛快地**滾動**，一邊互相傳球！

星際百科全書

橡膠人

這種生物是**橡膠星**上的居民。他們的身型圓滾滾的，身體柔軟。在球場上，這些橡膠人球員能夠輕易從一個角落**彈跳**到另一個角落，迅速變換位置，把對手弄得頭暈轉向。

就這樣，對方以迅雷不及掩耳之勢接連**攻入**兩球，取得了**2比0**的優勢，擊潰我們的鬥志！在中場休息時，當我們來到更衣室的時候，大家都顯得**垂頭喪氣**。「喏喱叔叔，這次我們要輸了，對嗎？」班哲文走過來問道。

　　這時，我**看著**隊友們，不知道應該說些什麼。在經歷了兩場太空足球賽之後，我開始沒那麼討厭**這項運動**了。不，更確切地說應該是喜歡上它了！雖然在球場上我需要不停地來回奔跑，要面對各種各樣可怕的對手，還要時刻注意**足球**的位置；但是，我明白了一件很重要的事情：我有一羣值得**信賴**的隊友！也許，現在就是我作為一名**隊長**來給隊友們打氣的時候了！

於是，我清了清嗓子説：「是的，班哲文，也許我們會輸掉比賽，但是我不認為這是最重要的！當中**重要的**是我們能夠全力以赴，同時大家不要忘記，在球場上我們並不是一個鼠在戰鬥，我們有一羣值得信賴的隊友可以互相**依靠**，因為我們是一個團隊！」

馬克斯爺爺滿意地點了點頭。

下半場比賽開始之後，我們整支隊伍感覺上煥然一新，**團結**一致，而且大家都**充滿鬥志**！

最終，我們在下半場比賽中取得了三個入球：第一球是潘朵拉以頭鎚頂球入門，第二球由小雄獅施展倒掛金鈎入球，第三球則是賴皮奮勇的鏟射，並且以**3比2**的比數取得了勝利！沒有誰能夠阻擋太空鼠足球隊在錦標賽中前進的步伐了！

一次噁心的會面

當我們正在慶祝這場難以置信的勝利時，我的腕式電話突然響了起來：嗶！嗶嗶！嗶嗶嗶！

那是菲從「銀河之最號」上打來的電話，祝賀我們取得了比賽的勝利。她告訴我說艦船上所有太空鼠都看了比賽的直播，大家都在慶祝我們的球隊順利晉級。這一通電話讓我頓時充滿信心，我已經等不及希望儘快參加決賽了！但是，正當我們走出體育館的時候，卻碰到了最討厭的外星人——鱷魚人。原來，鱷魚人也順利進入了決賽，只見他們氣勢洶洶地擋住了我們的去路。雖然，我心裏嚇

得**怦怦直跳**，但我還是鼓起勇氣走上前

說：「親愛的鱷魚人，我是太空鼠足球的**隊**

長，你們……」

「我知道你是誰，我對你們很了解！**哈**

哈哈！」一個鱷魚人打斷我說。

「啊，是嗎？不管怎麼說……祝賀你們也

成功晉級！我們會在決賽裏分出勝負的！」我

說。

「當然是我們獲勝，你們這羣小不點

比賽賽程

足球場入口

當然是我們獲勝！

啊……嗚！

們！」在鱷魚人隊中那個體型最大的回答說，他那濃烈的 口氣 幾乎快要把我熏倒了。

「對你們來說，這將會是一場……最糟糕的比賽！」他的話引來了他的隊友們的一陣哄笑。

「真是可怕的生物！」布魯格拉評論說。

「而且他們的口臭實在 令鼠感到噁心！」

「看來決賽將會是一場硬仗啊……那些傢伙看上去為了勝利什麼事都做得出來……」

「幸好我們隊中還有小雄獅呢！」賴皮說。

這時，小雄獅 驕傲地 回應

我們會擊敗他們的！

說：「我才不怕那些**外星人**呢！雖然他們個子大，但是動作緩慢……如果我們能夠發揮出地面進攻的戰術的話，我相信一定能夠**擊敗他們的！**」所有鼠都點頭表示贊同。

接着，賴皮建議說：「不如我們去市區裏**慶祝**一**下**今天成功晉級吧，你們覺得怎麼樣？我找到一個好地方，那裏的乳酪奶昔非常美味的，而且……」

馬克斯爺爺的聲音突然響起，打破了賴皮的幻想：「你們哪裏都不能去，小孫子！明天早上你們需要參加決賽前的**公開訓練**……所以說，你們全部都得回去休息！」

看來這就是運動員艱苦的生活了……

在這一刻，我似乎忘記了想要取勝的話，必須要堅持……努力不懈地**訓練！**

多事之夜

第二天，**早上**八點，按照約定我們應該在球場集合，進行最後一天的賽前訓練。

這天早上，隨着鬧鐘在耳邊**叮鈴鈴**地響起，當我起牀之後，竟發現自己頭重腳輕，**頭痛難忍！**

「可能是我還沒完全消化**史誇茲**昨晚為我們準備的超級蛋白水果醬吧……」我對着剛起牀的賴皮説。

「事實上，我也**頭痛得厲害**……也許是昨天的比賽太緊張的緣故吧。」

我們抓緊時間穿上**球衣**就趕快來到餐廳，只見到史誇茲已經準備好海藻早餐，但是

他的**三隻眼睛**看來睏得睜不開了。

不久之後，班哲文也來到了，他四處張望，然後說：「早安，叔叔……哎喲，今天早上我的**頭很痛**呢！小雄獅和你們在一起嗎？」

「不，他不在這裏……怎麼了？」

「我剛才起牀的時候他不在房間裏啊！」班哲文有些焦急地說。

「也許他在這裏附近呢……我來打電話給他！」說着，我打開了腕式電話。**嗶！嗶嗶！嗶嗶嗶！**

但是，電話那邊沒有鼠應答。

「咦？**沒鼠應答**？也許他出去散步了，

相信過一會兒他就會回來的。」我嘗試着安慰我的小姪子説。

又過了一會兒，隊員們陸續來到了餐廳，然而所有鼠都有着相同的頭痛症狀！大家一起開始吃早餐，但是卻始終不見小雄獅的身影。我的宇宙乳酪呀，他到底跑到哪裏去了？

「他會不會先回房了？」潘朵拉問道。

這情況讓我也有點擔心，於是我陪着潘朵拉還有班哲文一起去他們的房間查看。小雄獅並不在房間裏，但是他的行李仍在那兒。

我再次嘗試着用電話聯繫他。

只聽見房間裏的某個角落裏傳來了電話的響聲：嗶！嗶嗶！嗶嗶嗶！……

「聲音是從這裏傳出來的……」班哲文走到牀邊説。接着，他驚呼道：「小雄獅的腕式電話在牀底下！」

潘朵拉接着説：「你們看！地上還有**史誇茲**海藻湯的痕跡……一直來到窗邊！」

　　我們來到窗邊，這才**注意到**其實房裏的窗戶是虛掩着的……

　　「也許是有誰把他**帶走了！**」潘朵拉有些害怕地説。

　　一聽到這句話，我就嚇得毛髮直豎，一陣**雞皮疙瘩**從我的背脊一直爬到我的尾巴！

　　小雄獅現在身處險境了，而這一切都是我

的錯！

　　我感到自己簡直就是歷史上**最糟糕的**太空足球隊長！

　　這時，布魯格拉來到了房間，她冷靜地分析說：「嗯……海藻的痕跡一直延到窗外！也許這是小雄獅給我們留下的記號，希望能夠幫助我們找到他！」

　　「那我們跟着海藻的痕跡找尋吧！」班哲文提議說。

　　正在這時，我的腕式手錶響了，那是爺爺的來電！

　　「小孫子！你們訓練遲到了！」

　　「**爺爺，我們這裏出現了緊急狀況**！小雄獅不見了！」

　　「什麼？你這個超級笨蛋孫子！你連你的

隊員都照顧不好！**趕緊**給我去把他找回來！」

快去！

　　爺爺說得沒錯，我們繼續留在房間裏也於事無補……

　　我們需要**立刻**找到小雄獅！

　　想到這裏，我給隊員們發**命令**說：「賴皮，布魯格拉，你們跟我一起來，我們跟着海藻的痕跡去找出小雄獅的下落！」

　　「我們也要一起去！」班哲文和潘朵拉抗議說。

　　「不行！這次行動可能會有危險！你們留在這裏，我們通過腕式電話保持聯繫！」

尋找小雄獅

　　於是，我們一直跟隨着海藻的痕跡來到了一片小樹林，這裏的樹木長着紫色的葉子。

　　「你們確定這是史誇茲所煮的海藻？」我撿起一塊地上的滑溜溜的東西問道。

　　「當然，表哥！我已經吃了這東西兩個星期了，哪怕是閉着一雙眼睛，我也能把它認出來！」賴皮惱火地回答説。

　　走了一段路之後，地上突然沒有了海藻的蹤跡。

　　「現在該怎麼辦？」我問道。

　　「我們可以沿着腳印繼續找下去，」布魯格拉回答説，「就像這個！你們看！」

我們走近腳印之後發現，這些似乎應該是……**鱷魚人**留下的腳印！

就這樣，我們借助植物的掩護，悄悄地一路追蹤着腳印走，最後來到了一片廣闊的空地。

我們看見在空地上有一艘小型太空船停靠着。

於是，我們馬上找了一塊大石頭躲起來，一邊偷偷觀察着這艘小型太空船的艙門的動靜。

正在此時，兩個鱷魚人從太空船裏走出來，一邊有說有笑。

「我們在城市裏跟蹤了這幫笨蛋好幾天，這次總算是讓我們找到機會趕在決賽前把那個小傢伙捉住了！」其中一個鱷魚人說。

88

「只要用我們的口氣就可以催眠他們，這實在是太簡單了！這下他們在比賽時沒有了前鋒，就根本不是我們的對手了！」另一個鱷魚人附和說。

　　「哈哈哈！當我們再放他走的時候，我們已經成為錦標賽的冠軍了！」

　　原來是鱷魚人用口氣把我們熏倒了！難怪

我們成功啦！

我們所有鼠起牀的時候都有**頭痛**的症狀！

我轉身對賴皮和布魯格拉説道：「看來要想把小雄獅救出來，我們得先想辦法把鱷魚人**從太空船那裏引開！**」

「這些傢伙是不是覺得我們沒有小雄獅就**不能勝過他們**？」賴皮自言自語説，然後他提議道：「我們得讓他們瞧瞧太空鼠的厲害！布魯格拉，跟我來！」

我的表弟想要幹什麼？

我自己也弄不清楚……不過我擔心的是賴皮會把事情搞砸！

最後的挑戰

這時，賴皮輕佻地吹着口哨來到了兩個**鱷魚人**的面前，他的身後跟着布魯格拉。

「嗨！」賴皮友好地向他們打了一個招呼。

「你們倆個小不點太空鼠來這裏幹什麼嘛？」兩個鱷魚人警惕地問道。

「哦，沒什麼⋯⋯我們正好在這裏附近散步，然後就想為什麼不過來問候一下我們明天的**對手**呢？」

「是啊！你們也知道，我們是很有禮貌的，而且非常遵守公平競爭*的原則！不管怎麼說，在體育比賽裏，勝利並非是最重要的，

---

*公平競爭原則：指所有選手在比賽中應有的誠實和守道德的表現，以及尊重競爭對手。

而參與和**享受**比賽的過程才更有意義，對嗎？」布魯格拉補充說。

聽罷，兩個鱷魚人肆意地大笑起來：「**哈哈哈！**很有禮貌！**呼呼呼！**公平競爭！**呵呵呵！**享受比賽！」

這時，鱷魚人足球隊的隊長比利克斯被外面的動靜驚動了，從太空船裏走了出來。

「哦，不！」我心想，「**這下麻煩了！**」

「你們在這裏笑什麼？」比利克斯問道。

快滾！小老鼠！

於是，兩個**鱷魚人**向他報告了情況。然後，比利克斯來到賴皮的面前，張開大嘴說道：「小不點，對於我們

來說勝利**就是一切！**哪怕不惜代價！明白嗎？現在你們給我馬上離開這裏！」

「是的，當然！」賴皮他的臉都被對方的**口臭**給熏綠了，「明天你們一定會取得勝利的，而且，我們的**前鋒**也不見了，所以我們連一點點的機會都沒有了，你們隊實在是太強大了……」賴皮努力屏氣說。

比利克斯打斷了他說：「不錯，看來你已經明白了！現在，在我生氣之前趕緊**滾蛋**吧！」

不過，我的表弟似乎並沒有馬上離開的打算……他的腦袋裏到底在想些什麼？我已經被弄糊塗了！賴皮繼續說道：「既然你們已經那麼強了，不如你們給我們展示一下球技吧？」

「不用急，明天在決賽裏，我們自然就會給你們展示一下令你們終身難忘的球技的！」

哈哈哈！」比利克斯回應説。

　　「這樣説來你們是打算退縮了？難道這就是所謂的未來的冠軍？還是説⋯⋯你們根本就不會踢？」賴皮抓起了身邊的一個足球，然後開始用腳、爪、頭和尾巴控球⋯⋯

　　「我們當然會控球啦，小老鼠！盧福斯，給他們看一下！」

　　另一個鱷魚人拿起了一個足球，然後模仿賴皮的動作開始控球。

　　布魯格拉冷冰冰地評價説：「嗯⋯⋯好像

還行……**那這個呢？**」

　　說着，她接過球做出花式盤球的動作。

　　「**當然，這有什麼難的，做給她看一下，托克斯！**」

　　當另一個鱷魚人開始表現球技的時候，太空船裏的鱷魚人也好奇地走出來看這樣一場**突如其來的挑戰**。

　　「是的，做得不錯……」賴皮説，「那如果是這樣呢？」

挑球過人

說着他**做了一個**用後腳挑球過人的動作*，他用腳跟將球挑過一個**鱷魚人**的頭頂，並繞到其身後接住球。

所有的鱷魚人一同發出了「**啊**」一聲的讚歎，但是很快被比利克斯隊長制止了。

「這有何難，看我的！」

當比利克斯開始做這個高難度動作的時候，布魯格拉轉身向我這裏**擠了擠眼睛**，然後朝着飛船的艙門方向指了指。

我的宇宙乳酪呀，現在我總算弄明白了！表弟和布魯格拉之所以出面作出挑戰，是為了給我製造機會，將太空艙內的鱷魚人全部吸引出來，讓我能夠趁機進入太空船中**解救小雄獅！**

*後腳挑球過人：即球員用腳跟將球挑起飛越對手的頭頂作虛掩，然後越過對方的攔截。

雜耍救援

　　於是，我偷偷從石頭後面跑出來，並且躲進了鱷魚人的太空船艙裏。

　　在艙門附近，並沒有小雄獅的蹤跡！

　　中央大廳裏也沒有！

　　然後，我搜索了好幾個房間，但是仍沒有找到他……他究竟會被關到哪裏去呢？

　　我靠在牆上打算休息一下，怎料牆壁突然旋轉了起來！我腳下一滑摔倒在一個堆滿了太空垃圾的房間裏！

　　這一下摔得可不輕，我摸了摸自己的腦袋、腳爪和尾巴：確定我身上一切完好無缺。

（至少看上去是這樣的！）這時，在我的身後，傳來了一把聲音：「隊長！」

我回過頭來一看……小雄獅？我們的前鋒就這樣被關在一張**太空足球**比賽裏用的鐳射球網裏！

他看到我之後，立刻興奮地歡呼起來，就像是攻入了一個漂亮的**入球**一樣！

「我就知道一定會找到你的！」我嘗試將他放出來，同時問道：「你還好嗎？他們有沒有對你怎麼樣？」

「沒事，他們並沒有對我怎麼樣！」小雄獅回答說。

「很好！那我們趕緊離開這裏吧，我擔

心賴皮沒有更多的招式能一直拖延時間引開**鱷魚人**的注意！」

正當我們走到門口準備離開太空艙的時候……我聽到了一聲動靜！

我的天哪！ 難道我們被鱷魚人發現了？

這時，一把孩子的聲音傳了過來：「叔叔，你還好嗎？」

我這才**鬆了一口氣……** 原來是我可愛的小姪子班哲文！還有和他一起過來的潘朵拉！

叔叔！

呃？

「**孩子們**，你們怎麼會在這裏？我不是讓你們在自己的房間裏休息的嗎？」

「是的，但是我們想你們可能會需要我們的**幫助**……而且爺爺也同意我們來幫忙了！」

我點了點頭。「好吧，你們過來！」我擁抱了兩個孩子，「現在我們得馬上**離開這裏！**」

我們偷偷從太空船艙裏跑了出去，然後再次躲到剛才那塊**石頭**的後面，只見賴皮和**布魯格拉**正

在做出一系列雜耍般的控球動作！

　　我搖動了一下身邊的一根樹枝，嘗試着**引起**他們的注意。當賴皮看到我之後，他故意失去**平衡**摔倒在地上，引起了鱷魚人的一陣哄笑。

　　「好吧……你們贏了！」賴皮說，「**你們實在太強了！**」

　　「是啊！這樣看來，我們在決賽裏輸給你們的話也沒有什麼遺憾了！」布魯格拉補充說。

　　「看來你們總算是弄明白了，小老鼠們！我們最終會贏得一切的！**哈哈哈！**」比利克斯大笑着回答說。而賴皮和布魯格拉也趁機馬上跑開了。

拯救隊員的任務完成！

全力以赴！

不久之後，我們所有鼠再次回到了市區，馬克斯爺爺和其他鼠都在等着我們。大家看到我們平安回來都欣喜若狂。

「做得好，完美的團隊合作！」爺爺鼓勵我們説。

「我倒是很想看看當比利克斯發現小雄獅已經不見了時的表情！」賴皮笑着説。

「幹得漂亮，孫子！用足球來吸引鱷魚人的注意力實在是一個很棒的主意！」爺爺讚揚賴皮説。

然後，他轉向我説：「這次我不得不説，

你似乎沒有以前那麼**笨**了……」

　　這真是讓鼠難以置信！爺爺是在誇獎我嗎？我簡直無法相信自己的耳朵！

　　接着，他走到小雄獅的身邊，用手摸了摸他的頭：「你剛才**害怕**了嗎？」

　　小雄獅搖了搖頭，回答說：「沒有！我相信我的同伴們是不會**棄我於不顧**的！」

　　爺爺微笑着說：「幸好他們**及時**找到你，不然你媽媽肯定會把我們做成仙女座肉丸啊！」

你真是一個勇敢的小太空鼠！

我們所有鼠都笑了起來。

直到……機械人提克斯突然像鬧鐘一樣提醒說：「跑步訓練的時間到了！**所有鼠到運動場集合！所有鼠到運動場集合！所有鼠到運動場集合！**」

爺爺說：「提克斯說的沒錯，明天就是決賽了，我們需要**全力以赴**去對抗鱷魚人！」

這時所有鼠一同高聲歡呼我們的口號：

太空鼠團隊上下一心！

太空鼠團隊上下一心！

最終決賽

　　第二天早上，我驚魂未定地從夢中醒來！我做了一場**噩夢**，在夢裏，鱷魚人們贏得了最後的決賽，而作為獎勵，組委會並沒有將獎盃發給他們，而是將太空鼠的隊長——也就是我送給了他們！這樣一來我就不得不和他們一同生活在混沌星上了！要知道這顆行星的四周可是終年被鱷魚人嘴裏吐出的**毒氣**包裹着！天哪！

　　「啫喱，你剛才在叫喊什麼？」賴皮翻身從牀上**起來**之後問我。

　　「呃，沒什麼⋯⋯我剛才做了一個噩夢！」

「我也做了一個夢，夢到我們最終**贏得了**錦標賽，而且獎盃是用……**乳酪**造的！」

我的這個表弟感覺永遠也長不大的樣子！吃過早餐後，我們進行了一些簡單的熱身運動，隨後便**出發**前往比賽場地……終於來到決賽的時刻了！

球場上圍着七個環形**看台**，台上坐滿了成千上萬名觀眾，大家都急切地盼望着決賽開始。在我們入場的時候，機械人提克斯對我們說：「今天所有的星系都會連線來一同實時觀看這場比賽！這下你們**聞名全宇宙**了！」

我咽了一口唾沫，我們可不能丟臉！

當我們走進場地之後，只見到鱷魚人們**咆哮着氣勢洶洶**地向着我們走來。

當比利克斯見到了小雄獅時，他的嘴裏發出低沉的嘶嘶聲：「即使你們找到這隻小老鼠，也沒有什麼希望……我們不會輕易放過你們的！」

賴皮輕鬆地應對說：「你是說想讓我們吃乳酪嗎？這倒是個不錯的主意，要是能夠是乳酪片就更好啦！」

比利克斯不再回應，咆哮着氣沖沖地走開了。不一會兒，機械人裁判吹響了比賽開始的哨子聲！場上出戰的隊員有：我、布魯格拉、班哲文、潘朵拉、賴皮，小雄獅和大鬍子‧保方！

在比賽剛開始的十分鐘裏，我們根本就沒法好好比賽，因為鱷魚人不斷用推撞和絆人的粗魯方式阻止我們控球。幸好，機械人裁判擁有360度無死角紅外線視線，能夠發現

每一個犯規的動作，於是三名故意犯規的鱷魚人球員被裁判 警告！

突然，布魯格拉搶到球並擺脫了鱷魚人的貼身防守，迅速向前推進。

然後，她將球傳給了潘朵拉，潘朵拉立即把球撥傳給了班哲文，並繞開了防守球員。我的小姪子正面對着鱷魚人的守門員，他不假思索地踢出一腳超級渦輪球勁射……

入球啦！入球啦！！入球啦~！！！

1比0，太空鼠領先！

比賽重新開球之後，我們的對手變得更加**激進**和粗暴。他們的兩名隊員故意跑到機械人裁判的面前，遮擋他的視線，使他無法看見場上發生的一切……

很快，比利克斯就找到了機會，他接近我之後，一把將我推開搶走了球，並推進到守門員大鬍子・保方的面前。

大鬍子・保方害怕被打，嚇得躲到球門一

走開！

個角落裏。

正當比利克斯準備**起腳射門**的時候，他的兩名隊友立刻從機械人裁判的身前散開，就這樣，裁判判定進球有效！**1比1**！

賴皮立時憤怒了！他走到比利克斯身邊，對着他喊道：「這球不能算，你們犯規了！」

這個狡猾的**外星人**笑着回答說：「正是如此，小老鼠！我們就喜歡這樣踢球！」

比賽重新開始後，雙方都**未能**再攻下入球⋯⋯

在距離機械人裁判吹響完場的哨子聲還有一分鐘的時候，小雄獅接到賴皮的**長傳球**，並在底線上將球控制住。他單刀避過一名鱷魚人防守球員，緊接着又避過了第二個球員，正當他準備起腳射門的時候⋯⋯

113

砰！這時，比利克斯突然伸腿侵犯將他絆倒！

嗶！！！！！

比利克斯被罰離場，同時我們獲得一個罰球！

贏得錦標賽的機會就擺在眼前……

但是，我們最強的**前鋒**球員卻在此時捧着一隻腳倒地不起！

哎喲！

機械人醫護人員很快進場，之後把小雄獅帶到場外進行治療……幸好他只是腿上的肌肉有些腫，並無大礙。

但是我們現在面臨的問題是：

由誰來主罰這一個決定性的十二碼罰球？！

上吧，啫喱！

親愛的老鼠朋友們，要知道在一場星際太空足球錦標賽的決賽裏主射 **十二碼罰球** 可不是一件輕鬆的事……事實上我 **害怕** 得渾身發抖，同時也根本不想去擔當主罰！

但是，賴皮卻堅定地說：「應該由你來主罰，啫喱！」

「**我**……**我**？可是這個十二碼罰球實在是太重要了，而且我還不能……」我結結巴巴地說。

布魯格拉也在一邊堅持說：「**作為隊長你應該去主罰這個球！**」

我的小姪子班哲文也來附和說：「叔叔，

你只要記住我在訓練中是怎樣教你的：如果你能夠踢中**足球**上的紅點的話，就一定能夠進球！你可以做到的！」

我自己也不確定是否能夠做到，但是我知道作為一名隊長需要承擔自己的責任……而現在就是這樣的機會！

「**咕！**」我咽下了一口唾沫，再「呼~」一聲深深地呼了一口氣，然後「咯咯咯」地顫抖着走向足球。

呃！

我看了一眼足球上的那個紅點，然後望向那個幾乎擋住半邊球門的**鱷魚人**守門員，然後……

嘩！！！！！

我的宇宙乳酪呀！

116

真的是我來主罰！可是等等，我還沒有決定把球射向那邊呢！**右邊？左邊？**還是**中間？**

有些時候最好心裏別想太多……於是，我開始助跑，閉上眼睛，用盡全力踢向足球……

足球劃過了一道紅色的弧線，如同火箭一般直飛球網，只留下守門員站在門線上目瞪口呆。

入球啦！入球啦！！入球啦！！！

我成功了！我踢中了紅點，射入一記超級渦輪球！

我們勝利啦！

奠定勝局的一球

① 助跑；

② 閉上眼睛起腳抽射；

③ 超級渦輪球破門！

隊長！舉起獎盃吧！

你們也許能夠想到，那些**鱷魚人**在輸掉比賽之後有多深深不忿！

當我們準備**退場**的時候，比利克斯擋在我的面前，對着我憤怒地嘶嘶説：「小老鼠，雖然這次你們贏了，但是下次我們還會再見的！」

我這次已經學會了怎樣在他説話時*屏住呼吸*，這樣就不會被他的臭**口氣**熏暈過去。我堅定回答説：「當然，我們會很期待你們的

我們定會再見的！

119

復仇之戰的！」

他和其他鱷魚人們就這樣**氣呼呼**地離開了。而我們則最終踏上了頒獎台，在球場的大型電視屏幕上出現了我們所有鼠的身影……現在我特別享受這種被全宇宙注視的感覺！

星際足球聯合會主席宣布說：「現在，我宣布太空鼠足球隊獲得了星際太空足球錦標賽的冠軍！」

當主席親自把獎盃交到我手爪上的時候，看台上的觀眾發出了震天的歡呼聲。

全場都在看着我……而我似乎應該拿着獎盃做些什麼……可是我到底該怎麼做呢？

幸好，有爺爺在旁邊提示說：「笨蛋孫子，你應該將獎盃高舉過頭！」

「啊……是，好的！」

當我一下子將獎盃舉過頭頂的時候，天空中綻放了**美麗的煙花！**而我被這突如其來的**驚喜**嚇了一跳！

我因突然受了驚嚇而失去了平衡，而獎盃也從我的手上滑落下來……呃！正好掉在了主席先生的腳上，讓*所有星系*的外星生物都見笑了！

也許我們是時候**回到**「銀河之最號」上去了，你們覺得呢？

歡迎回來，冠軍們！

　　菲親自到球場星來接我們返回「**銀河之最號**」，在旅途中，她對我們說：「我想你們一定是累了，希望回去之後好好休息一下，因此我已經吩咐了他們把你們的房間整理好，並且關照了**不要來打擾你們！**」

　　但是奇怪的是：菲在說話的時候，似乎強忍着笑意，並且不時向馬克斯爺爺**眨眼睛**……

　　不管怎麼說，我還是要感謝她，我已經迫不及待回去**睡個好覺**，好好休息一下了！

回到「銀河之最號」上，我們從探索小艇裏走出來，準備相互道別……當艙門打開的時候，只見所有的太空鼠船員們齊集在外面等候着迎接我們！

　　大家齊聲高呼：「歡迎回來！冠軍們！」

　　我驚喜地望向菲，只見她對着我眨了眨眼，我這才明白原來她為我們準備了這個驚喜……

　　我決定暫時先將休息的想法放到一邊，先跟大家一起慶祝一番，畢竟我不是每天都能做個冠軍隊長的！

Geronimo Stilton
星際太空鼠

我是謝利連摩艦長！

菲，快報告
在外太空的探索情況！

報告艦長！⋯⋯我是菲

你被耍了，表哥！

哇啊！！！

哈哈哈！整個宇宙是我的！

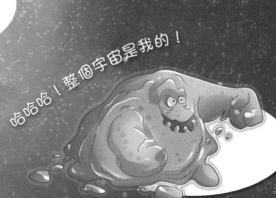

親愛的老鼠朋友，

你們喜歡讀星際太空鼠的冒險故事嗎？

請大家期待我下一本新書吧！